Vente du Samedi 29 Mars 1873

HOTEL DROUOT, SALLE N° 2

OBJETS D'ART

et

DE CURIOSITÉ

EXPOSITION PUBLIQUE

LE VENDREDI 28 MARS 1873

Mᵉ CHARLES OUDART, COMMISSAIRE-PRISEUR

M. GUILLAIN, EXPERT

CONDITIONS DE LA VENTE

Elle sera faite au comptant.

Les acquéreurs payeront *cinq centimes par franc*, en sus des enchères, applicables aux frais.

L'Exposition mettant les Adjudicataires à même de se rendre compte de l'état et de la nature des objets, il ne sera admis aucune réclamation une fois l'adjudication prononcée.

CATALOGUE

D'UNE JOLIE RÉUNION

D'OBJETS D'ART

ET

DE CURIOSITÉ

FAUTEUILS ET CANAPÉS LOUIS XVI
RECOUVERTS EN TAPISSERIE
MEUBLES DE L'ÉPOQUE LOUIS XVI ET DE LA RENAISSANCE
BRONZES, PENDULES, GIRANDOLES, FLAMBEAUX
FEUX, APPLIQUES, ÉMAUX CLOISONNÉS ANCIENS DE LA CHINE
BELLES PORCELAINES DE CHINE ET DU JAPON
D'ANCIENNE QUALITÉ, ARGENTERIE, ÉVENTAILS
OBJETS DE VITRINE
STATUE EN MARBRE BLANC, TERRES CUITES, INSTRUMENTS
DE MUSIQUE, FAÏENCES DE ROUEN ET DE DELFT
TAPISSERIES ANCIENNES, TAPIS D'ORIENT, TABLEAUX
OBJETS DIVERS

DONT LA VENTE AURA LIEU

HOTEL DROUOT, SALLE Nº 2
Le Samedi 29 Mars 1873

PAR LE MINISTÈRE DE Mᵉ CHARLES OUDART, COMMISSAIRE-PRISEUR
31, rue Le Peletier

ASSISTÉ DE M. GUILLAIN, EXPERT
15, rue Notre-Dame-de-Lorette

EXPOSITION PUBLIQUE
LE VENDREDI 28 MARS 1873

DÉSIGNATION

1. — Petite console *Louis XVI* en bois sculpté et doré, de forme infiniment élégante et d'un travail très-fini, provenant de la vente de Mme Delphine Masson.

2. — Cinq petits bustes en vieux Mayence représentant les quatre saisons et un guerrier casqué ; ils reposent sur de charmants socles à reliefs dorés.

3. — Chien assis en très-belle porcelaine de Bavière.

4. — Deux petites coupes en ancien verre rubis à arêtes quadrillées très-saillantes ; montées en argent à Nuremberg au temps de *Louis XIII*.

5. — Vingt-quatre plats en porcelaine de Chine provenant du service San-Donato : au revers les six marques qui constituent leur période de fabrication.

6. — Très-bel encrier de forme oblongue en vieux chine décoré de mandarins, de fleurs et de fruits, collection Worms de Romilly.

7. — Piton en bronze coulé à cire perdue. Il représente deux grands dragons prenant leurs ébats dans les flots.

8. — Bassin à reflets métalliques jaunes, nacrés et rouges d'un puissant effet et d'un remarquable fini. J. G. Scaliger et Fabio Ferrari, qui écrivaient au commencement du xvie siècle, affirment que ces poteries exceptionnellement admirées se fabriquaient de leur temps à Majorque.

9. — Deux fort beaux vases en vieux chine gros bleu rehaussé d'or ; ils offrent cette particularité remarquable d'être décorés intérieurement à leur partie supérieure très-évasée d'émaux polychromes très-brillants avec aussi rehauts d'or.

10. — Brazero de forme carrée en ancien delft. Il représente des sujets maritimes et porte deux noms différents. Ce qui établit que, comme en France, les potiers hollandais offraient leurs produits à l'occasion des mariages.

11. — Marmite de même provenance avec sujets variés dans des cartouches.

12. — Boîte de forme demi sphéroïdale à couvercle plat en bronze champlevé, damasquiné d'argent. Travail de Corfou au xvie siècle.

13. — Cospidor s'ouvrant, en vieux chine ; le décor
bleu, de disposition peu commune, nous
semble être un nom plusieurs fois répété,
celui sans doute du possesseur.

14. — Vase de forme élevée, à angles disposés dans le
sens oval, en très-ancien émail cloisonné de
la Chine ; les lignes partant du sommet pour
arriver à la partie inférieure sont enrichies
de sortes de crêtes en bronze gravé et doré
formant grecques. Ces émaux si merveil-
leusement beaux et harmonieux paraissent
délaissés aujourd'hui pour les produits mo-
dernes qui affluent à l'infini. Leur préférence
ne peut tarder à se faire sentir quand il sera
établi que les commerçants chinois ne nous
laissent plus rien parvenir de leurs anciens
produits.

15. — Deux gobelets saxons à anses mouvementées et
montures légères en vermeil. Leur décor
figure des Chinois dans des branchures d'or.
(*Branchures*).

16. — Quatre très-grands vases en porcelaine de Chine,
à reliefs d'oiseaux et figures, sur fond rose et
vert d'eau. Ces pièces, commandées par l'em-
pereur Kien-Long, pour son palais d'été,
sont devenues rares, à ce point aujourd'hui
que l'importation n'en signale plus, et que le
le peu de paires qui nous soient parvenues

peut facilement se chiffrer en raison de son nombre plus que restreint.

17. — Fort belle console demi-circulaire en bois sculpté et rechampi de blanc, *époque Louis XVI.*

18. — Charmant petit secrétaire de dames, *époque Louis XVI;* sa facture est très-soignée, ses bandes en cuivre d'un développement sobre et léger le classent dans les meubles de goût de cette période.

19. — Quatre appliques en argent repoussé de figures et de symboles. Elles proviennent d'une loge maçonnique dont l'ameublement présentait des splendeurs exceptionnelles qui, presque toutes, ont été incendiées.

20. — Fort belle coupe en porcelaine de Sèvres, gros bleu, grand feu, avec monture de *style Louis XVI,* en bronze ciselé et doré.

21. — Très-beau cabinet espagnol, reposant sur sa table, formant bahut à quadruple tiroir. L'intérieur du haut protégé par un abattant, présente de nombreux tiroirs sculptés à reliefs et colonnes torses dorées (provient de l'Exposition universelle de Paris).

22. — Grand bahut gothique à jour, provenant de Saint-Bavon de Malines.

23. — Autre bahut analogue, mais plus petit et pourtant de la même richesse de ferrure et d'architecture.

24. — Grande pendule *Louis XV*, avec cul-de-lampe et pièce du sommet; ses cuivres sont très-fins.

25. — Deux bouts de tables et deux petits flambeaux rocaille, provenant du château de Paillart, près Montdidier.

26. — Deux grands feux *Louis XVI* avec leurs étuis.

27. — Tableau fort curieux, représentant un salon de jeu animé de très-nombreuses figures, dans une ville d'eaux.

28. — Très-belle mandoline piriforme, incrustée de nacre, écaille et ivoire.

29. — Très-beau panneau *François I*, entièrement semé de fleurs de lis.

30. — Téorbe en marqueterie persane, muni de nombreuses cordes à double rang. Cet instrument, en usage dans le sérail surtout, est, dit-on, susceptible d'atteindre dans son jeu un degré de perfection dont il serait difficile de se rendre compte.

31. — Petite pendule *Louis XVI* en bronze ciselé.

32. — Deux fort belles jardinières, en émail cloisonné, fond bleu turquoise, avec charmante bordure noire et lilas, disposée en lambrequin dentelé ; sur tout leur développement des papillons et les armes circulaires du Taï-Koum.

33. — Fort élégante cafetière en argent, époque *Louis XVI*, mais de la première époque.

34. — Écuelle à bouillon en argent *Louis XV*, première époque.

35. — Grande et belle tabatière en émail de Saxe avec d'importants sujets d'architecture.

36. — Trousse de veneur dans son étui.

37. — Garniture de cinq pièces en delft bleu très-couvert.

38. — Charmante statuette en buis de la fin du XVIe siècle.

39. — Deux fort belles assiettes en delft représentant la Cène, avec le grand fronton à figures qui donne à ces pièces leur beau caractère ; rares.

40. — Sept potiches de forme ovoïde allongée en vieux chine bleu de la plus belle qualité.

41. — Charmante petite garniture de cinq pièces de même qualité.

42. — Deux petites bouteilles à aspersion et de forme
lancelle en porcelaine du Japon.

43. — Grand plat en émail lisse de la Chine.

44. — Superbe coupe en émail cloisonné de la plus
belle qualité, fond bleu turquoise et gros
bleu, décoré de nombreuses chauves-souris.

45. — Très-grand bol en faïence de Perse décoré en
bleu de fleurs, feuillages et de cyprès, sym-
bole de l'aspiration au ciel; il conserve encore
des traces de dorure.

46. — Fort beau sucrier en vieux chine richement
émaillé.

47. — Trois cannettes en gris de Flandre à sujets.

48. — Deux sonnettes en bronze florentin dont une
porte le nom du maître et le sujet d'Orphée,
l'autre, des armoiries, des mascarons et un
lion rampant.

49. — Lampe maritime en bronze champlevé et damasquiné d'argent. Très-beau travail de Corfou
au XVIᵉ siècle.

50. — Cabaret en ancien vienne, composé de cinq
tasses, cinq soucoupes, théière et cafetière.

51. — Trois fort beaux compotiers en vieux chine
décorés sur le marly de nombreuses figures :

au centre l'impératrice à cheval, précédée d'un héraut d'armes.

52. — Douze fort belles assiettes en porcelaine, décor rouge, vert et or, dites de la Compagnie des Indes, dont les usines fonctionnaient en Chine avec les argiles et les émaux du pays.

53. — Commode *Louis XV*, marquetée en bois de rose formant damier.

54. — Office de la semaine sainte, dédié à la reine, pour l'usage de sa maison, avec fort belle reliure aux armes.

55. — Bel éventail *Louis XVI*, avec splendide monture de la plus grande fraicheur.

55 *bis*. — Pendule et candélabre en bronze doré : style *Louis XV*.

56. — Statuette en marbre blanc : baigneur de Falconnet.

57. — Buste en terre cuite.

58. — Deux beaux plats en faïence de Rouen ; décor bleu.

59. — Une aurette à armoiries en faïence de Rouen : décor bleu.

60. — Une bannette à anses en faïence de Rouen : décor bleu.

61. — Une autre bannette à anses en faïence de
Rouen : décor bleu.

62. — Quatre fauteuils *Louis XVI*, couverts en tapisserie.

63. — Un canapé et deux chaises style *Louis XVI*
couverts en tapisserie de Neuilly.

63 *bis*. — Prie-Dieu recouvert en tapisserie.

64. — Commode en chêne sculpté.

65. — Beau régulateur *Louis XV*, en bois sculpté.

66. — Table dorée, style *Louis XIV*.

67. — Écran en tapisserie au point.

68. — Joli cabinet en laque.

69. — Application de soie brodée, époque *Louis XIV*,
pour la garniture d'un meuble de salon.

70. — Cabinet espagnol.

71. — Châle persan brodé.

72. — Tableau ancien de l'école gothique.

73. — Pendule *Louis XVI*.

74. — Paire de flambeaux *Louis XVI*.

PARIS. — J. CLAYE, IMPRIMEUR, 7, RUE SAINT-BENOIT. — [596]

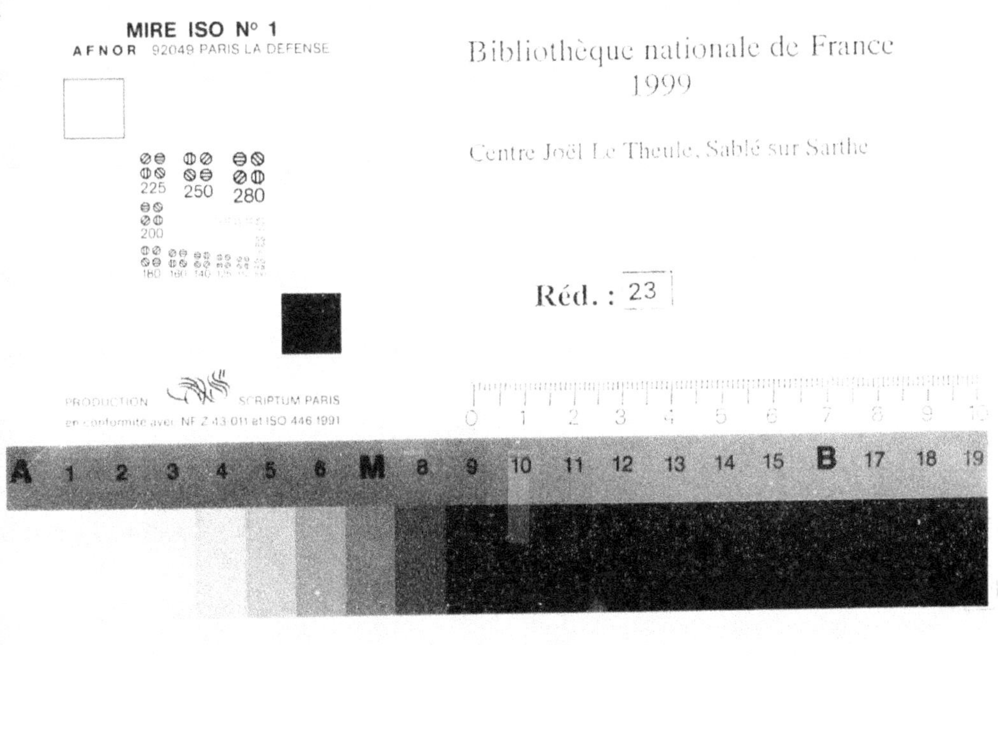
A 1 2 3 4 5 6 M 8 9 10 11 12 13 14 15 B 17 18 19
0 1 2 3 4 5 6 7 8 9 10